女检察官的眼睛

——邓荷馨诗词集

邓荷馨 著

南方日报出版社
NANFANG DAILY PRESS
中国·广州

图书在版编目（CIP）数据

女检察官的眼睛：邓荷馨诗词集 / 邓荷馨著. —广州 ：南方日报出版社，2014.7
ISBN 978-7-5491-1088-9

Ⅰ. ①女…　Ⅱ. ①邓…　Ⅲ. ①诗集－中国－当代
Ⅳ. ①I227

中国版本图书馆CIP数据核字(2014)第132032号

出 版 人：周洪威
责任编辑：方　明

NÜ JIANCHAGUAN DE YANJING
女检察官的眼睛——邓荷馨诗词集　　邓荷馨 著

出版发行：南方日报出版社
地　　址：广州市广州大道中289号
电　　话：（020）83000502
经　　销：全国新华书店
印　　刷：广州市怡升印刷有限公司
开　　本：787×1092 mm　16开
印　　张：11.5
字　　数：55千字
版　　次：2014年7月第1版
印　　次：2014年7月第1次印刷
定　　价：39.00元

投稿热线：（020）83000503　读者热线：（020）83000502

网址：http://www.nfdailypress.com/

目　录 / MULU

二、心有灵犀

三、触景生情

四、国粹咏赋

五、藏头小诗

六、望文兴“叹”

七、佳节唱和

八、游之记之

九、恋寄哀思

十、珍馐美馔

序

不拘一格新诗韵

许木咏

文学创作的繁荣往往是盛世的标志。汉赋、唐诗、宋词几乎成了时代的符号。建国后，诗词创作日渐兴起，尤其是改革开放以来，新旧体诗不管是形式、内容还是数量都发生了“井喷”。上世纪 80 年代前，茂名市很难找到诗刊，如今各种诗刊如雨后春笋涌现。诗走下了神台，回归百姓，诗人称号不再为少数知识分子占有。这本集子的主人就是其中一个。

或许是曾经有过的虚名，我曾为若干诗集写过读后感，这是其中之一。诗集作者邓荷馨经历并不复杂，既不轰轰烈烈，也不曲折坎坷；有体面而稳定的工作，在风调雨顺中冬去春来。人能如此，当是心满意足了。可是作为一个有志气的文化人，却有灵魂上的追求。作者不甘心只作机关文人，立志文学创作。起初写剧本，洋洋洒洒数十万字出来了，可是找到制片人并非易事，传统发表又囊中羞涩，只好拿到网上去亮相。这种连“生命折旧费”（稿费）都没有的事，作者亦乐此不疲。后来又在网上用诗歌与网友唱酬，颇受欢迎，竟积累了一大摞稿子。出版长篇小说不易，印本小诗集作为纪念不算奢侈吧？于是有了这本集子。

业余作家难以出什么伟大成就，可职业作家称得上伟大的有几人？人能锲而不舍地写作，并拿出来展示自己的特点和风格，接受评论，这种勇气就值得钦佩。只要放下身段去欣赏一下别人的作品，总会发现许多亮点。

从形式来看，让人耳目一新的是写诗“不守规矩”。作者爱用什么形式就用什么形式，随心所欲，信手拈来，自由体里有“律诗”排列，长短句中又有整齐的句子，甚至有似诗似散文的悼词。而读起来并不别扭，反而给人别开生面的新鲜感。其中有不少貌似律诗的自由体，如《秋英缤纷吟——菊花诗十首》中的“颂菊”，写起来流水行云，读起来朗朗上口：

不与百花争艳妆，宁可淡泊育芬芳。
迎霜挺拔标高洁，金风唱吟颂秋光。

律诗讲平仄、押韵，规矩很严。且不说平仄必究，几乎无韵不成诗。“韵味”就是赞文章的精彩。鲁迅先生赞《史记》是“无韵之《离骚》”，“韵”成为高境界的代名词。但太讲究韵也很束缚人的思想。新诗出现后，不但每行字数不讲究，有人还创造了楼梯诗、塔形诗，连韵在哪里也常常找不到。但许多新诗写得也很美。看来，字数整齐是美，参差不齐也是美；有韵有味是好诗，无韵好意境也是好诗。可能是作者乐感特别强，所写新诗都有韵。或许是追求新诗歌的形式美与声韵美的统一吧？如：

有片竹园，
生在心田，
忠诚公正情怀天。
我们人民检察官，
清廉文明竹品贤。

清心如竹，
修竹如检，
瘦腰坚韧护航远。
虚心劲节操行美，
痴心不改竹仪娴。

这是律诗？是词？是新诗？都像，都不能完全套上。只好说是博取其长。

当然，形式美是诗人予读者美的享受，可是说到底还是内容美最能征服人，如袁枚后说“诗在骨不在格”。读过好些我市诗人的作品，常常佩服他们能从平凡生活中挖掘那么丰富的内容，创造如此感人的意境。他们像音乐家，在演奏之前，脑子里已装着曲子中所有美妙的旋律，吃透每一个音符的感情，写诗只不过是让这些旋律、音符跃然纸上。正因为作者对生活有深刻的观察和体念，才有出色的演绎。如作者写了茂名许多小食，林林总总，凑起来简直是满汉全席，其中有的人们已久违，有的快被舶来快餐打败了。而在作者的诗中，溢出道道清香。

诗是世界文学餐桌上的菜肴，胃口不同，没有人喜欢每一道菜。南甜北辣东咸西酸，众口难调，只能“各花入各眼”，这也是诗的魅力所在。这本集子是作者试水之作，相信读者会以赞赏之心，期待之意去欣赏和切磋。我是不会音乐而喜欢听音乐的人，相信下一个曲子更精彩。

（作者系中国作家协会会员）

自序

平凡女检察官

邓荷馨

庄严的公诉台，女主诉官越来越多，顶起了半边天，甚至更多。在基层院，小小的股级检察官，就得沉着干练，政策法律水平、综合素质堪称人中英彦。因为，几乎每天，都要提审犯罪嫌疑人，代表国家提起公诉，在办公室，也难得有悠闲看报、品茶的清闲，在法定的时间内，你必须从快审查清楚那一册册砖块似的案卷。

即使她们后来不能当领导，是个平平凡凡的检察员，即使她们身为共产党员，却未能带头致富，还生活在小康的边缘……这表明她们没能力吗？也许正是因为她们的清廉！因为，她们对每一宗案件，都能顺利办结；每一次出庭，都能公诉主张，有理、有节又庄严！年复一年！谁又能说，她们太平凡，肯定有缺点，因此不是成功的翘楚与英彦？我自豪，自己曾经是其中一员，而且多年。

成　长

我到过平原，跟父母，很久以前，
见过“文革”的动乱，
大字报满街满巷。
隔壁受人尊敬的老师，
被大哥哥大姐姐们捆绑着，
肿胀了脸，被推来搡去，
被肆意践踏人格与尊严。
人群里发出更大更恐怖的笑声，
是因为老师倒地、摔伤……
“唉——无法无天！无法无天啊——”
那痛苦的哀号和呻吟，
在小女孩的心坎里面，久久回响，
模糊了双眼！

我到过山区，跟父母，在小学四年，
见过女同学的无助和悲酸，
在本该无忧无虑的童年。

阿香与我同桌，
美丽又活泼，
橡皮筋跳得特好，
《红梅赞》唱得特甜。
可刚过完十岁生日，

就得辍学带弟弟，
她哭着回家，
满眼哀怨，泪水涟涟。

阿莲是班长，
绰号小狐仙，
瘦瘦的高个子，
一双月牙眼。
全班她年龄最大，
崇拜公安员，
课间喜欢描字帖，
或托腮遐想。
听说她已订婚，
毕业就做新嫁娘，
可佳期越近她瘦脸越尖，
常常哭泣在操场、屋边……

小女孩不懂怎么劝，
梦里老是外婆描绘的秦香莲！

成 才

世上成才的路万万千，
当年幸运的中国孩子只一战，
高考便是那敲门的砖！
感谢政策，当年只要你考上中专，
便是天之骄子，国家包分配的公务员！

两年的法律知识学习，
两年的检察专业训练，
第一批检察专才的使命感，
让人热血沸腾，
再苦再累也毫无怨言。

多少个寒夜，走廊、卫生间，
挤满了熬夜背法条、看案例的女生；
多少个白天，烈日炎炎，
操场和沙垫，
都是练习擒拿、格斗，
脏兮兮的美少年。

难忘上现场勘查课，
在殡仪馆第一次学习尸检；
难忘模拟开庭，
第一次把检察官演练……

初分回茂名市检，被当作宝贝蛋，
给全院干警上法制课，
初出茅庐的从容淡定，犹如昨天！

忘不了，办理第一宗拐卖人口案件，
就在正义的愤怒中，
理智地实现了童年的梦想：
要给不幸的姐妹申冤、维权，
要让新中国，不再出现秦香莲……
要恪尽职守，维护法制的艳阳天，
要为人民事业，贡献才华和毕生力量！

忘不了，办理第一宗扰乱社会秩序案，
在刚刚被任命为助理检察员时。
二十三岁，就沉着应战，
抗辩着市司法局庞大的律师团，
无罪辩护与工农关系，
使旁听人员水泄不通！
被还以公道的第二被告人周某贵，
至今感激女检察官的公正与清廉！

成　功

什么是成功?
各人的标准应不同。
你上百度搜索,
答案就有丰富的内容。
说比如做事,
事成即成功;
说比如挣钱,
只要结果与目标相同。

我查阅《辞海》①,
结果使我泪如泉涌:
我的《辞海》里,居然只有“成就”,
“成功”仅仅是在其中!
我冥思苦想,
认定成功必须成就较大事情,
还得自身和社会认同,
诸多复杂的因素在其中!

回忆自己,几十年如一日,
上班,只以努力办好每一案,做好每一事为荣,
下班,除了家务,就多与书本沟通!
因此,两次获得最高人民检察院“三等功奖章”;
因此,早有好几万字,发表于传统媒体上;

因此，还获得共和国“检察荣誉勋章”的殊荣！

然而，不少人对我，
却不理解，难认同！
以为此人，孤芳自赏，心里没群众……
玉不琢磨难成器，
人不耕耘岂建功？
自古寂寞出贤者，
碧海青天怜我痛！

自从去年[②]在新华网发表了长诗一组，
自从向全世界昭示了心底初衷：
《唱黄河，心潮与浪花齐飞》，
爱国爱民的激情厚积薄发，石人感动！

希望自己能立言，
为精神文明兴东风；
希望自己可创作，
让业余生活见彩虹！
但愿我的《盛汉，才子佳人》，
不仅仅让人审美、放松，
但愿自己能再挥洒几十万字，
再在各大网站转载、走红！

注：①上海辞书出版社，1980年8月第一版。②指2010年。

一、家国情怀

唱黄河，心潮与浪花齐飞

（一）

黄河，穹脊跳动的雄狮呵——
奋进的精神，雕塑了您不变的动作！

跃过青藏茫茫高原，
跨过青甘峻岭广漠，
蹚平了宁夏、河套平原，
晋陕大山难阻、深谷飞过……

咆哮万里触龙门，
叩首华山气磅礴，
华北平原势漫漫，
奔腾入海最壮阔！

（二）

黄河，年轻的母亲河呵——
奉献的精神，赢得了您辉煌的功德！
史书记载着，汉代以前
您的乳名就叫“大河”！

温柔的源头卡日曲河呵——
慢慢汹涌奔波，
串起小湖盆一座座，
行程 5460 多公里，
淌着丰沛甘甜的乳汁呵——
滋生着广阔的芳林与嘉禾……

流域古木参天，
植被百分之六十多，
哪见什么黄土高坡？
直至仓颉造字时，
河南省简称豫呵——
特点是大象出没！

您孕育了人类始祖之一山顶洞人，
河姆渡文化、仰韶文化、大汶口文化……
灿烂的古文化呵——
闪烁着古大河的清波！

您营造了美好的华夏伊甸园呵——
领唱了中华文明之歌！
夺标四大文明古国呵——
您功不可没！

（三）

黄河，不幸的母亲河呵——
太无私的精神，注定了您的憔悴与变色！

华夏子孙勤劳勇敢地用火，
还唱着《伐木》《伐檀》之歌……
千年焚荒毁林开拓，
万年刀耕火种农作，
秀丽的母亲河呵——
“河水清且漪”能几何？

古代夏朝大禹时，
已常常是堤岸崩坍坏垛，
洪水滔天，“茫茫禹迹”呵——
大禹治水又岂止是传说？

日夜奔波的母亲河呵——
秀发渐秃，青衫日破…….

两岸渐沙化成黄土高坡呵——
水土流失泥满河！
史载“一石而六斗泥，河水重浊”，
下游变作惊世的“地上悬河”！
历朝历代受河害呵——
多少往事戳心窝！

（四）

黄河，患病的母亲河呵——
不屈的精神，重塑了您康复的体格！

“要把黄河的事情办好”呵——
伟大的毛主席曾向人民郑重承诺！
“黄河水利委员会”载入史册，
开世界大江大河治理的先河。

科学治河措施多呵——
在中上游开展水土保持，
生物措施与工程措施相结合。
不少地方荒沙已复绿洲，
油松挺立，云杉棵棵，
酸枣莞莞，白扬婀娜……
不再消失在历史的烟波。

“上拦下排，两岸分治”好呵——
蓄水库犹如明星在天河！
水电站和水利枢纽已数千座，
小浪底大坝又敲响了前进的大锣！
岂止防洪、防凌、供水与发电？
那观光的游客如穿梭！

在小浪底观水台上看泄洪呵——
心潮与浪花齐飞，
情怀共水势磅礴！
呵——厉害的黄河，
伟大的共和国！
新中国治河六十余年呵——
科学发展正开拓！

（五）

黄河，母亲河呵——
您又如蛟龙凌波，
腾飞的精神，决定于您不羁的性格！

您的幸与不幸，直接影响我们，
影响华夏子孙千秋万代的生活。

我们不是远古先民，
刚从蒙昧时代走过。
不能再破坏环境呵——
从此要理性建设，
请杜绝割肉自啖与饮鸩止渴，
蛟龙呵！请像小龙马修正果！

谁也不是菩萨，我们是社会主义强国，
由远见卓识的共产党人掌舵！
综合国力居世界第四位呵——
我们的卫星上天，
我们的飞船载人，
我们的奥运会呵——
无与伦比的出色！

君不见呵！百多条大桥飞架南北，
君不见呵！千万座水库闪耀清波。
三门峡库区呵——
又迎来了美丽的白天鹅……
我们能祛除，
日日“居安思危”的痛苦；
我们能唱响，
新世纪《保卫黄河》的壮歌！
唱黄河呵——
心潮与浪花齐飞！

祖国巨杯，溢满欢乐酒水

祖国巨杯，
溢满欢乐酒水，
国人醉了……
庚寅国庆心里特别美！

天气多晴好，
万物生光辉……
人人如在酒会上，
兴高采烈脸颊绯！

第一杯酒献先烈，
抬着九大花篮去告慰。
胡锦涛等国家领导人，
带头祭奠人民英雄纪念碑。
绕着基座缓缓走，
心中美酒漫心扉。

第二杯酒贺世博，
上海世博玉中翡！
参展参观人最多，

组办经验易积累。
国家馆日逢国庆，
庆中有庆人易醉！

第三杯酒祝“嫦娥”，
“嫦娥二号”如玫瑰。
酉时“玫瑰”升月球，
吉祥如意正常飞……
古今嫦娥在一起。
寂寞蟾宫也乐开眉！

新汶川，一个真实的神话

2008 年 5 月 12 日 14 时 28 分，中国汶川发生了里氏 8.0 级强烈地震（比著名的日本阪神里氏 7.3 级大地震更强烈）。瞬间，山崩地裂，山河位移。房屋倒塌千万间，人员伤亡数以万计，经济损失 2 万多亿元……惨不忍睹呵！在并非经济发达的内地省份，多久才能恢复重建？揪心的难题在人们心里盘旋——仅仅 3 年！一个新汶川，犹如凤凰涅槃，更生得美丽！

（一）

奔腾的岷江见证着历史，
青青的大山又是往日的英姿。
虽然还缺少根深叶茂的大树，
新汶川呵——
难以寻见灾难的痕迹！
公共建筑更富民族特色，
焕然一新且雄伟、大气！
街区整洁、布置合理，
花园民居比欧陆洋楼更雅致。
城市绿化科学又美丽，
新种的树木，绿叶摇曳，
新汶川呵——
比一幅幅风景名画更显魅力！

（二）

夜幕正淡淡笼罩如画的美景，
锅庄广场飘起了柔曼悠扬的乐曲。
华灯初上，绚丽多彩，
与璀璨的星月辉映在一起！
流光溢彩的广场呵——
红色金字塔般的灯光效果，
让人温馨又有底气！
人们就像涅槃的凤凰，
穿着鲜艳的民族服饰，
从八级抗震九度预防的安乐窝里，
陆续走向广场，
笑容可掬，步履轻徐……
劫后重生的喜悦，
承恩的祥和安逸，
伴着飘逸多姿的舞步呵——
能与天上嫦娥相媲美！
新汶川呵——
我该怎样描写你！
你三年重建的极其辉煌美丽，
从生活、生产、环境到心理……
说你是一首首壮美的史诗呵——
一点也不过誉！

（三）

汶川是“5•12”受灾省市的代表，
那广阔的行政区域呵——
并非仅仅汶川县城威州镇，
只是在崇山峻岭中，比较地广人稀。
回顾灾难，毁灭性的打击呵——
令人不寒而栗！
日本阪神地震最著名，
比咱汶川轻等级，
1995 年至今，“地震之国”的抗灾工作仍继续；
“卡特里娜”飓风袭击美国新奥尔良市，
为恢复重建，
五年后的今日，市长还在呼吁！
新汶川呵——
“三年任务两年基本完成”！
而全面重建的结果呵——
比恢复更有意义！
不少地方的重建设施、经济……
超越了灾前二三十年！
地震中心映秀镇，
如今又是如画如诗，
期待以美貌，再一次“震”惊寰宇！
全毁灭了的羌族古都萝卜寨，
这云朵上的村庄呵——

如今更是令人仰慕的美丽的“天上街市”！
恢复重建的典范，汶川水磨镇，
自然风光美好，人文气息更浓郁，
成了“川西高原的‘小丽江’”，
一个不可多得的旅游胜地！

（四）

“5•12”的汶川呵——
你留给我们痛苦的噩梦，
三年后的新汶川呵——
你带给我们光荣的历史！
胡总书记等党和国家领导人十次视察，
从救人安抚起，
恢复重建的蓝图，
就描绘在废墟里！
“一方有难，八方支援”，
“全国一盘棋”！
“19个省市组成援建大军，
拿出地方财政的1‰，
对口支持19个重点灾县……”
历史呵——
请铭记这一着棋！
古老的民族，

焕发了空前的凝聚力！

上至总书记，领导集体，

下至援建人员、志愿者、全国人民、海外华裔……

如《感恩传千秋》所传唱：

“临危涉险伸援手哎……”

告慰生命——

为生者拼出生存和发展机遇！

雪中送炭，大爱无疆呵——

“任何困难都难不倒英雄的中国人民！”

（胡锦涛总书记语）

终于，历史翻开了崭新的一页，

悲歌变成了神话般的史诗！

汶川体育馆美丽的白色屋顶呵——

如同献给决策与援建者的哈达，随风飘逸……

新汶川呵——
你是一个真实的神话，
是人类重建史上的第一次！

（五）

唐山大地震的故事至今催人泪下，
三十四年[①]的伤口迟迟难愈。
新汶川呵——
你是改革开放的奇迹！
虽然，你也曾经辉煌，
拥有大熊猫基地等自然资源及羌族人文景观，
还曾经是全国首批农村电气化县之一，
可没有雄厚的人力财力，
哪有你在废墟上迅速崛起的雄姿！
正是改革开放先富起来的广东人民，
对口倾力援建了汶川县。
高标准的重建设施，
和《粤汶长期合作指导协议》呵——
饱含南粤人民的深情厚谊，
演绎着科学发展的主题，
为新汶川这凤凰腾飞呵——
鼓羽振翅！

（六）

我求索的原野上，
有株百年大树，
英雄伟岸，亭亭如盖呵——
人们享受着大树荫体，不惧风雨！
那么博大，冠盖如云的大树呵——
身上有没有漏洞、白蚂蚁呢？
或者是腐败的枯枝、叶子？
清风徐徐，看见飘下的黄叶，
大风吹过，露出隐藏的腐枝！
可是，当灾难的风雨袭来之时，
它迅速地抖擞起，
给人们遮风挡雨……
梦中那屹立的参天大树呵——
不知何时，变成了火红的党旗！
高扬的旗帜上，
彰显着“执政为民”的注释！
新汶川呵——
原来你是党为人民服务宗旨的宣言书！

注：①本诗写于 2011 年 5 月。

用爱托起新的希望
——悼念汶川地震1周年

山崩地裂瞬间事，
美丽城乡已成砾！
尼克特制8.0级，
汶川地震惊寰宇。

见惯高楼静静起，
咫尺之间无尘粒。
见惯山上满绿树，
一路风景一路诗。

听惯孩童撒娇语，
争先恐后上学去。
听惯人声和车声，
都市乡村鸽鸟啼。

可恨2008年5月12日
14点28分时，
汶川地震撼巴蜀，
财产损失逾千亿，

人员伤亡怵统计。

现场直播分分秒，
石人惊魂壮汉泣。
泪眼蒙眬看电视，
天上人间共唏嘘！

最惨北川中学生，
名花硕果初坐枝。
美好人生已奠定，
未来精英覆废墟。
精心育就独生儿，
全家期望一身寄，
一场地震夺去了，
花萎淤泥难扶起！

天若无情天亦老，
大地何须发脾气！
自然之丑体现时，
人性之美去抗击！

亡羊补牢犹未晚，
政府抗灾显魄力。
第一时间首脑会，
总理匆匆赴灾区。
镜头媒体都记录，
总理日日灾区事。
脚踏摇摇欲坠石，
身临滚滚流泻泥。
安抚孤老平悲伤，
激励战士救人志。
频频赶赴处处去，
滔滔哑音殷殷词。
世人注目温总理，
和平年代真主义！

大灾面前有大爱，
书记总理至全体。
万众一心去抗灾，
四面八方来支持。
社会主义优越性，

灾难面前在显示。
人民战士走在前，
纪律部队扛大旗。
医疗救护最感人，
救死扶伤真天使！

救回多少小孩儿，
娇花遭雨最堪惜；
健全多少好家庭，
恩爱夫妻应长聚；
聚拢多少有情人，
真情最怕永别离；
安抚多少受灾民，
无惧伤厄难度日！

可喜政府抗灾志，
以人为本不言弃，
人民政府爱人民，
灾区重建够大气。
迁移重建方略好，
挂钩扶持妙措施。
号召人民多捐赠，
不拒江流与水滴。
众志成城实罕见，
民族焕发凝聚力！

泣血杜鹃毋须啼，
噩梦醒来歌盛世。
每逢佳节燃心香，
领导带头默哀祭。
悼念亡灵哭殇逝，
祈祝生活再如诗！

刚到周年哀悼日，
汶川山水盎生机。
杜绝疫情和饥民，
高楼座座又崛起！
田园处处庄稼好，
碧水青山应有时！

白云信息，请发到烈士陵园

拜别已两月，
就好像在昨天！
一样的白云，
一样的蓝天！

红军烈士纪念碑前的石阶，
是引领我们庄重前行的旋律；
爬近四百级的台阶，
像昂扬向上而又艰辛的革命步履！

小龙山碧绿的勃勃生机，
凤凰岭大气的美丽传奇，
陪伴着长眠于斯的红军战士，
日夜守望后辈的中华儿女！

道旁的青松翠柏，
轻轻地在晨风中摇弋……
清新纯净的空气，
把我们身心轻抚、沐浴。

孟秋巳时的艳阳，
洒在身上如春阳和煦。
像先烈坚定的信仰，
舍生取义的人性光辉，
照耀我们——
自觉抵制腐败细菌的腐蚀！

灵台上铿锵的语言，
是我们让先烈监誓，
重温入党誓词，
和检察官誓词，
让——“发扬传统，坚定信念，执法为民”主题教育实践活动，
在红军英灵前实施！

拜别六十日，
就好像在昨天！
难忘红军烈士陵园——
牢记入党誓词！
寄信白云，
寄语蓝天！

如梦令·中国梦

中国梦集体做，
合唱理想之歌。
美国梦独唱，
搭台精英入伙。
嘿哟，哈啰，
参与强队拔河！

浣溪沙·祝福“嫦娥三号”飞

祝福“嫦娥三号”飞，
航天事业里程碑！
圆梦探索拜托您。

完美落月五互拍，
转眼测月观天地。
广寒宫将不是谜！

沁园春·“嫦娥三号”奔月

浩瀚宇宙，
灿烂星宿，
千古好奇，
万国在研究。
美丽月球，
诱人更久。
嫦娥奔月，
千年神话，
传说不休。
蟾宫有嫦娥居留。
可对否？
请“嫦娥三号”，
解说风流！

癸巳十月三十日，
“嫦娥三号”科学鹰鹫，
飞月耀春秋！
软着陆地，
虹湾囧牛。
娩出“玉兔”，

巡视探究。
不见宫殿，
更无吴刚桂花酒。
强国梦，
岂神化星球？
揽月追求！

江城子·梦基地

“嫦娥三号”奔月去，
癸巳年，追梦期。
虹湾地区，
展五星红旗。
首次月球软着陆，
千年梦，变现实。

嫦娥玉兔在一起，
互拍摄，共探秘。
科学强国，复兴梦演绎。
承传千年揽月志，
广寒宫，梦基地。

发射塔

发射塔傲立西昌，
科学海精准导航。
何时搬家到月球？
更让蟾宫添辉煌！

二、心有灵犀

女检察官的眼睛

人人都有一双眼睛，
有的浑浊，有的亮清，
有的迷惘，有的淡定，
这两扇开启着的窗户，
照映着主人的心灵！
我们都有一双明亮的眼睛，
不论是褐色的，还是黑色的，
都像是清澈晶莹的明镜！

我们是女检察官，
信仰坚定心眼明，
“以事实为依据，以法律为准绳”，
不会闪出狡猾与浅薄的神情。

案情摄入我们的眼睛，
不会像受惊的小黑兔，

露出惊惶恐惧的反应，
更不会像哈哈镜，
一切都变了形。

我们的目光，
面对案情，
比外科医生淡定，
比科学工作者缜密，
比思想家深邃，
比诗人更激情！

我们的目光，
面对犯罪嫌疑人，
时而像犀利的剑锋，
刺破假的雾罩，
挑开伪的陷阱，
斩断关系的绳索，
还事实和真相以原形！

我们的目光，
面对被害人，
比对孩子关心，
比对父母关情，
比对爱人温馨，
像春阳一样，能融解坚冰！

我们没有特异功能，
职业道德与素养胜于“润眼明”！
只因胸前国徽闪耀，
和心中熟悉的“法律规定”！
还有那女性特殊的细心与冷静，
明眸闪闪，秋波滢滢，
但愿美女早生的鱼尾纹，
不会过早定型！

致诗人

诗人啊，激情的歌者！
盛世需要激情的诗歌，
让人们，不要沉湎在温柔乡里，
对着美食火锅，对着风花雪月，
整天慢斟细酌、吟哦、曼舞轻歌……
还记得建设，用勤奋的劳动，
创造更美好的生活！

诗人啊，智慧的歌者！
生活需要睿思，睿思利平安生活，
让人们，即使在平庸的日子里，
在粗茶淡饭中，
也像缪斯女神，会智慧地思索。
思想能品尝到，那浓浓的幸福醇香，
因为，那茶饭，是常绿灌木的精华，
和嘉禾的成熟硕果！

诗人啊，快乐的歌者！
和平的生活需要快乐，
快乐是奥运会放飞的和平鸽！

令人们，知道远离战争的可贵，
不必整日紧张、愁眉紧锁……
横看利比亚，纵观旧中国啊——
让人们更珍惜今天的生活！
让快乐借着精美的语言啊——
像喷泉，飞出幸福洋溢的心窝！

诗人啊，隽永的歌者！
幸福的日子——

请唱出自己心中的歌！
放飞理想，激扬文字，
把稍纵即逝的灵感捕捉。
让人们，能欣赏到您夜莺般的才华，
还有百灵鸟的原创作，
激情的唱和，无曲成谣，
凝练了人人心中所说！
回肠百转啊——
又是一首首经典红歌！

诗人啊，伟大的歌者！
历史需要隽永的诗歌！
令人们，铭记盛世生活的和平幸福，
无愧于历史长河！
中国共产党九十年①的光辉岁月，
和盛世中华的一幕幕，
都是一首首磅礴的诗歌啊——
是人民心中文化的长城，
和共和国最美丽的史册！

注：①本诗写于 2011 年。

致女儿①

我的女儿，我的宝贝儿！
你的年龄早已不过儿童节，
但妈妈觉得，
你永远是祖国的花朵，
是妈妈心中长不大的宝贝儿！
在这以往令你兴高采烈的日子，
在这莺飞草长的美丽夏季，
妈妈愿你忘却成长的忧郁，
快乐生活，努力学习，
永葆一颗纯净美好的童心，
还有一张纯洁活泼的嫩脸。
万岁！美好的儿童节啊！
万岁！金色的童年！

注：①在新华网上看“六一”相关文章有感。

春日致小孩[①]

仲春三月还会冻，
前夜西天切忌红。
在外之时备一衣，
不时之需莫伤风。

注：①致读大学的“小姑娘”。

单　恋

总是一定距离的平行线，
总是擅长守望的点。
总是白天的太阳和晚上的月亮，
总是黑夜和白天。

或是移山拔树的风，
能选它当纸张避之似帘？
或是挟雷带电的雨，
能愿它及时滋润万物和心田？
或是白云苍狗变幻的云，
能为他爬上高山抚慰其脸？

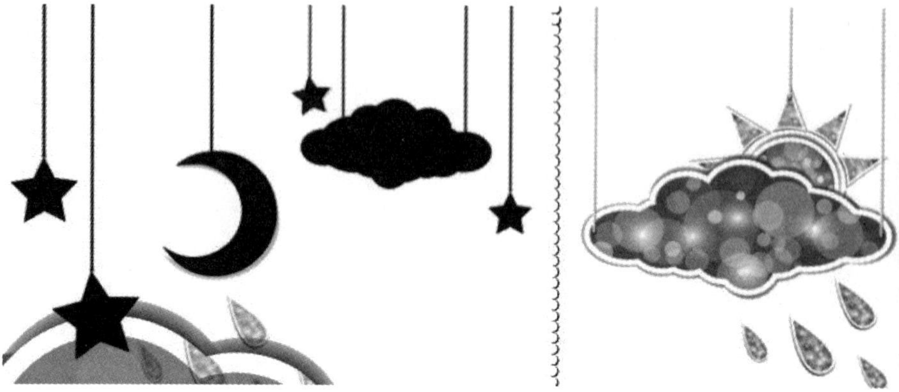

但愿阳春白雪，
清高不再多人嫌；
但愿高山流水，
知音不再砸琴那样可怜！
但愿滚滚流泉非圣人懂欣赏，
但愿松鹤高洁世人慕寿年！
但愿荷能出名并日益舒娴……

但愿呵！不再是旱天的雨云，
与渴望的地面；
但愿呵！不再是无叶的杨柳，
盼那春风轻轻牵；
但愿呵！不再是贫瘠的荷塘，
望那子壮藕甜……

春日散步

春风清清散步天，
夕照红红悦眼帘。
绿道华灯初上时，
穿双波鞋走蹁跹。

初夏一朵莲

祈祷了千万年，
修炼了千万年，
终于，我成为初夏的一朵莲，
亭亭玉立在静静的荷塘边。
清风悠悠，清水悠悠，
我在水木清华的时光中悠游，眷恋……

我等待着你呵，
我千万年前丢失的芯片！
你是那只玉蝴蝶吗？粉粉的翅膀
捎来花蕊的清甜……
如花的色彩，在我纤衣紧裹的花蕾上
轻轻吻着，告诉我，
我们前世在一起的快乐，
今生单独飞行的疲惫与风险。
我以羞涩的微笑告诉你，
我是你的莲，你今生丢不下的精神家园！

你是那只小蜜蜂吗？甜甜的嗓子
在我绽开的花房上嗡嗡歌唱，

告诉我风月无边……

那柔美的花片，清香的花蕊，

使我更柔情万千……

神奇的大自然钟爱你我，

你沉醉在荷香的美妙里，

忘记了百合的馥郁、桂花的清香……

我以温柔的拥抱告诉你，

我是你的莲，你幸福一生的乐园！

你是那只小蜜蜂吗？甜甜的嗓子

在我绽开的花房上嗡嗡歌唱，

告诉我风月无边……

那柔美的花片，清香的花蕊，

使我更柔情万千……

神奇的大自然钟爱你我，

你沉醉在荷香的美妙里，

忘记了百合的馥郁、桂花的清香……

我以温柔的拥抱告诉你，

我是你的莲，你幸福一生的乐园！

你是那滴小雨珠吗？
不时刷洗我微尘的玉颜……
你艳丽了我玉容消减的花瓣，
在清清的塘水中，
融入了我淡淡的清香……
你以玉碎成全我的鲜艳，
给我，你的清凉；
你以牺牲作陪，
给我，你护花的誓言！
你以纯洁的身心润泽万物，
我以安恬的心告诉你，
我是你的莲，
你灵魂最美丽的家园！

美好的自然界精灵呵，
静静的荷塘风光无限！
高洁的莲花亭亭出淤，
即使再历千万年，
成了莲花仙子，
一样与美好缠绵，
构建美丽、欢乐、祥和的世间！

夏日有感

汽车隔热欠些功，
可喜一路顺交通。
单位室内空调好，
下班归家入蒸笼。
大院鲜见低矮树，
道旁或缺绿荫浓。
电扇空调难制冷，
心中盼望行雷风。

辛卯五四一信息

再见了，美丽的珠海市！
再见了，热情的老同学！
再见了，清新温润的空气，
和满眼纯净的苍翠碧绿！
忘不了，安静清凉的城区，
透着祥和热情的潜力；
忘不了，老同学热情洋溢，
笑靥消融时空，
我们又是少男少女！
愿珠海更青春美丽，
愿城市更宜居，
愿同学更有缘，
愿朋友更珍惜！
有空请到我的家乡来，
茂名不会永阴霾！
尽地主之谊找荷馨，
敬上香茶叙友谊……

难忘“三渡桥”

家乡有座“三渡桥”，
老父总也忘不了。
见过方知他乡雁，
不敌檐下小家雀。
耄耋之年著文章，
古迹胜景滔滔聊。

高州市那高高的龙头山上，
旧称新洞铺的邓家祠堂边，
有座亘古至今的石板桥，
相传是洪武元年建造。
六百多年的风风雨雨呵——
幼年的老父亲，
曾赤脚享受它的美妙！

一座浅白色的石板桥，
只有六七米长，两米多高，
不足两米的拱桥弧形下翘，
镶在两岸翠绿的新垌茶叶中，
就如蚕宝宝躺在桑叶里，

又像月牙儿在蓝天飘。

美丽的小拱桥呵——
十里八村人爱走，
俊男靓女相约瞧。
外婆抱孙走三次，
一生有靠成事妙！
多少趣闻传奇事？
山风过桥轻轻笑。

建桥择日第一奇，
朝代更迭多饿殍。
传说中，三个石匠不得了！
召集附近村驿人员：
中秋节前夜，
自备粮食去建桥。

远处战火烽烟还没消，
六百多强劳力呵——
自带粥水萝卜条，
父子叔侄相约赶到！
靠最原始的手抬肩挑呵——
六块丈余长的巨石，
都得乖乖听遣调！

仅仅三天！“三渡桥”呵——
在美丽的月圆之夜，
像被神针固定在山脚！
从此不管风吹雨打、山洪暴发，
总屹立在历史的长河中！
并融入了子孙后代的好梦，
也如奇妙的鼓槌，
于月圆之期，
把老父亲的心鼓轻轻敲……
难忘“三渡桥”！

踏莎行·心田之竹园

有片竹园，
生在心田，
忠诚公正情怀天。
我们人民检察官，
清廉文明竹品贤。

清心如竹，
修竹如检，
纤腰坚韧护航远。
虚心劲节操行美，
痴心不改竹仪娴。

江城子·星期天

吴川浅水去郊游。
一车坐，五好友。
河堤如带，牵往凤村走。
坐北向南李生楼，
西山青，南水幽。

四层别墅似小舟。
绿海中，在遨游。
张个阳棚，门口抛鱼钩。
向善美女不猎杀，
玩扑克，看丰收。

三、触景生情

黄昏逛江堤

夕阳在天幕洒金，
江水为晚霞濯锦。
游人们双双对对，
指点着归巢鸟儿倩影……

绿枝牵衣、鲜花夹道……
新铺的石砖路呵——
平坦了幽雅文化情！

流光溢彩的江面呵——
是心里缤纷的情，
起搏着人们加速的心！

蜿蜒的长堤，
像那心中悠悠的情！
远处沉稳的车流声，

像文化广场的钟鸣，
秀出了现代化的脚步，
和都市的博大与安宁。

拂面的风儿轻轻，
飘扬的柳枝，也在摆手致欢迎。
摘下一片叶儿轻吻，
你不染落霞叶儿青，
南国冬天够温馨？

华灯初上，
两岸街灯渐次明……
像金龙腾飞在秋水般的夜幕上呵——
龙游天海真美景！
使郁闷、孤单的人儿，
有颗轻快和煦的心……

登本地观荔阁有感

官场风云诡谲时，
坐望静观有荔枝。
满眼翠青少红色，
星点也是酸涩汁。
呼来新朋徒惭愧，
闻讯旧友极叹息。
吟诗作对难潇洒，
祈盼蛇年荔红期。

爱　慕

像把一粒种子埋进了沙漠，
不能指望它萌芽破土，
更不能指望它有所收获，
何必当初？茫茫人海，
两双眼睛能相互对视着……
何必当初？
多看了一眼，却彼此不执着！
呵！化学反应也许都有错？
默默地远望，
默默的放在心上……
到头来，只是默默地承受失落！
努力忘记彼此的身影与趣事，
静静咀嚼着五月橄榄那酸涩的果！
人生只有短短的几十年呵——
曾经爱慕的，
一起看黄昏如何？

高楼落霞望

高楼落霞望，
天际何辉煌。
辽辽大块间，
处处余晖朗。
大厦有致站，
绿树绕街傍。
车辆穿梭过，
我心无处往。

赏荷亭[1]

学习中外史，
知晓古今情。
成竹胸中具，
妙笔生荷馨。
看透得与失，
生死有天命。
飞龙未尽兴，
蛇舞还珠明！

注：①新华网博客馨馨我我公告栏。

夏日访友

三面蕉田绕她家，
四层群楼像月牙。
门前一池清清水，
几树柳枝戏荷花。
窗外美景无暇顾，
空调房间赏字画。
蝉鸣荷香偶有闻，
扑克牌局喜分加。

朋友聚会

时间，请你慢慢流逝，
在这愉悦的欢聚之时！
难得朋友聚会，
人与人之间没有藩篱！

时间，你最好能停止，
请让我们也能好好地玩把牌，
随意地品品酒，
和尽情地歌唱，
那些会唱或不会唱的歌曲……

时间，或者你已经穿越延续，
在我们的心里——
人生难得无忧无虑，
人们难得喜欢在一起！
良辰美景，赏心乐事，
就是此刻，演绎纯粹的友谊！

辛卯司法考试

国考只怕司法难，
千军万马非等闲。
法条巍巍无捷径，
案例滔滔有深浅。
高山仰止飞鸟稀，
沧海横流龙女怜？
孔圣赐以来神笔，
四科过后尽开颜！

致某博友[①]

理解世道难，
欠巨款要还！
逃避不是计，
携子去投案。
心残惨肢残，
汝心也不安！
结案悄一声，
博友还相挽！

注：①在网上“悄悄话”中，发现一“可怜之人”，涉嫌与集资诈骗分子相关！

贺莫言获诺贝尔文学奖①

莫言，莫言！

由衷祝贺先生打破坚冰，

渔获诺贝尔文学大奖！

传播差异，

地域偏见，

使多少代呵多少年，

中国作家在瑞典文学院，

犹如喜马拉雅山藏着的雪莲！

注：①看完网络新闻，即时贺词。

赠中国榜书家协会主席

庭院芬芳翰墨香，
建成儒雅墨耕舍。
成功百成大师嫡，
墨渍未干人心摄。
宝山空回人不计，
稀世之珍一睹乐。
世界时尚傍书俏，
珍爱墨宝颜面泽。

浪漫世事何其多①

“美腿之夜”太无聊，
姐妹肢体亦招摇！
进而又是何器官？
人成商品情未了！
参加之人无女性？
男人佳偶去哪找？
浪漫世事何其多，
惺惺相惜品格高！

注：①读网络新闻感慨。

夜　梦

（一）

窗台兰花刚刚栽，
雅香阵阵入梦来。
睁眼陋室无长物，
枕畔书诗半合开。

（二）

昨夜大殿光灿灿，
醒来装修令人烦。
闹心宫剧何曾看？
解惑物阜且民安。

癸巳生日有感

生日鲜花长花店，
信息电话也不见。
往常单位送蛋糕，
今年爱心被削减。
巳时太阳没露脸，
宜人金风今等闲。
自怜八字没长好，
暗羡当年谪神仙。

致居心不良者

但愿时间能够消除，
一个“朋友”无端轻视，
在我心中涌起的滴泪记忆。
我虽然无钱无势，
但躬逢盛世也不愁衣食。
不祈求别人施舍，
更无需别人的虚情假意！

我的心很是庆幸，
幸亏我们只是普通朋友关系。
当我们牵手步入舞池，
是谁心头撞鹿？
当那音乐慢慢平息，
是谁眼中弥漫着情意？
恰似爱人的生死别离。

从此以后不上 KTV，
或踏着音乐就当自己是聋子！
任由美妙的旋律在心头洋溢，
漠视有不协调的闲言碎语。
居心不良者，请止步！
纯洁的舞者，
才可以风流美曼——
情怀如诗！

博友们："忘忧馆"和"饮食中医餐馆"欢迎您[1]

才子无奈进忘忧，
龙困于海乐悠悠！
大海龙女才华好，
饮食中医体魄优！

注：①在新华网博客里，本人录入《盛汉，才子佳人》剧本的大部分，其中有汉代著名的"忘忧馆"和笔者塑造的"饮食中医餐馆"，故在博客公告栏拟本小诗。

四、国粹咏赋

国粹——诗

何谓诗？它欢乐，它悲泣，

它愤慨，它忧郁；

它抒情，它叙事，它描写，它画意……

显技艺，扬个性，畅文思……

融情景，于一炉！

弘人情，格物理，

美欣赏，丑贬抑！

言顺畅，意雅致……

意识流——

如霞霁：流金光，溢文采，

思涌泉，有规律！

假诗文——

弄玄虚，弃语法，违逻辑……

像狂人，在呓语！一会东，一会西……

丑形容，脏比喻，

语结舌，读费力！

无美感，少韵律，
像怪兽，人远之。
国粹诗——
嫦娥体，文华殿，舞仙姿！
百衲衣，安相宜？
好萌芽，众人惜！
新事物，强魅力！
想流传，逸雅趣……
纯文学——
像温床，如春雨，
滋雅文，长花枝。
古体诗——
高素质，好营养，应汲取！
如清风，如明月，如爱情，如真理……
古今同，谁嫌弃？
像《诗经》——
永美丽！
精遣词，妙造句……
那意境，美少女！

秋英缤纷吟
——菊花诗十首

（一）菊心

百代吟菊万千章，
千秋文坛浓菊芳。
自从陶令种菊后，
最痴达人黄巢王。
桂月网友恋菊忙，
佳诗美图惹蜂狂。
菊月生人不爱菊？
芳心暗许待灵光。

（二）菊艳

奇姿异彩尽情开，
丰满潇洒各展才。
秋光秋色因之美，
金风金霜为漆彩。

（三）菊芳

池中残荷惹忧伤，
帘外瘦菊送芬芳。
几朵白菊壶中笑，
一室温馨满嘴香。

（四）菊品

春夏熏风不争开，
滋养好坏都出彩。
凌霜瘦骨蕴香满，
傲雪硕花吐艳来。
一枝独秀美方寸，
群芳绣锦胜瑶台，
奇妙芳馨时日久，
绰约多姿天地爱。

（五）菊志

黄白红紫灿繁英，
伫立花前百感兴。
梦寐依稀大丽影，

今生最爱黄帜情。

（六）菊用

深黄玉白色诱人，
洁净芬芳才具仁。
花叶根茎皆入药，
食谱厨艺有馐珍。

（七）咏菊

不与百花竞艳妆，
宁甘淡泊育芬芳。
迎霜挺拔标高洁，
含露摇曳颂秋光。

（八）叹菊

绕篱欹石生自由，
傲雪凌霜标枝头。
艺菊弯枝成雅趣？
胜景天然非图谋！

（九）唱菊

秋菊秋英勾诗魂，
秋色秋光摄诗韵。
秋月秋风醉美吟？
梅妻鹤子如浮云。

（十）颂菊

秋色旖旎重阳时，
论坛喜赋菊花诗。
五彩斑斓竞锦绣，
花香袭人展英姿。
梦菊销魂节操美，
伴月寻诗雅香奇。
金风推出自然师，
万古齐颂傲寒枝。

咏　荷

馨香气质美如兰，
玉容才华馥比仙。
生于泥塘且偏远，
头顶烈日难赏莲。
金风送爽有眷恋，
残荷吟风成经典。
与世无争徒名艳，
文人骚客同病怜！

咏竹（外一首）

大大禾本高丈余，
小小空竿节结实，
尖尖青叶鞘相连，
多年生于南方地。

品种繁多天地爱，
竹头木屑如人意。
竹报平安春联首，
胸有成竹竹枝词。

毛竹拔节声堪听，
凤尾经年不长枝。
竹风唱酬歌声脆，
人月共赏舞技奇。

春笋破土励人志，
又是健康一美食。
腰杆挺拔是建材，
解剖细编乐美女。

嫩芯泡茶祛肝火，
薄皮配药除恶疾。
竹林清幽尤避暑，
枝蔓作薪叹可惜。

霜雪难坏秀坚韧，
常绿不改贵情思。
有识之士爱为邻，
点缀环境美如诗。

自古翰墨多描绘，
千秋清风爱竹仪。
我今泼墨拾牙慧，
他日文心尽竹痴。

咏　竹

雪压霜欺总泰然，
风吹雨打亦蹁跹。
虚心劲节高风格，
正直文雅最有缘！

“妃子笑”荔枝

“妃子笑，妃子笑——
老树果，清甜得不得了……”

探头窗外见果贩，
载着荔枝在高叫。

“皮色泛青果未熟，
淡淡荔红就摘掉？”

“不用问我为什么，
外乡人不知其中妙！

它生在荔乡向阳处，
高高大树才长得俏。
日月精华先得到吧，
皮色青青胜糖胶……

想买快来试一粒，
尖密厚皮易远销！
没准唐朝高力士，

看中就是这一条！”

“哟！果肉晶莹，甜脆核小……
灿烂阳光，是最好的养料！
贵妃嗜好今我尝，
十元一斤谁不要？
回眸艳情史，
又品荔枝中楚翘……”

“行过路过莫错过，
老树果，清甜得不得了！
妃子笑，妃子笑——
一骑红尘妃子笑……”

竹枝词四首

做晏[1]

做晏最好食鲜鱼，
几片生姜葱一枝。
煎汤较快好味道，
清蒸淋油前沥汁[2]。

注：①广东方言里，做午饭的意思。②此为手机短信息。收信人对清蒸鱼的方法已懂。此为关键工序的提醒。

红蛋[1]

小孩庆生吃红蛋，
家贫只为寿星煮。
富裕成筐做熟了，
见面分俩[2]共祝福！

注：①带壳蛋染红了（多用一品红）煮熟。②小孩在大院里得了俩红蛋，问妈妈怎回事。

寿头粑

做寿要吃寿头粑，
半桃圆顶标红记。
岭南习俗爱咸味，
糯米芳香爹娘喜。

发糕粑

大米磨粉蒸发糕，
香甜松软儿童好。
若是疑似腮腺炎，
骗吃[1]几天病痛无。

注：①改革开放前，穷人家小孩贪吃之技。

沁园春·茶室

世态如秋，
风高物燥，
胜景安有？
看茶室氛围，
彩瓷竞秀，
紫砂温厚，
茶汤香柔。
幽兰在侧，
流泉琴奏。
自然意趣轻绸缪，
心恬淡，
俯视名利场，
和稻粱谋。

有心无事一游，
品茗玩盏无忧无愁。
把寸阴尺璧，
白云苍狗，
寒微简陋，
吞啜入口。

良辰美景，
月白风清，
宁静之中一吻收。
安乐否？
祝福品茗友，
健康长寿！

千秋岁·下午茶

日已西斜，
天闷空气劣。
可叹清新在山野。
祈盼过云雨，
降温洗净街。
如杯茶，
和静怡真人浴洁。

凤凰三点头，
关公巡城也。
多品味，
精神些，
祛除烦腻感，
身心如莹雪。
气场佳，
天人合一享日月。

千秋岁引·办公室的茶

拿出文件，打开电脑，
一天工作预备好。
冲杯清茶滤杂念，
呷口甘露防疲劳。
紧张中，提着神，醒着脑。

总会有些不顺畅，
总会有些小烦恼。
手边清茶续上水，
沉淀心中那疑虑。
宜茶心境不浮躁。
宁静中，创意到，效率高。

浣溪沙·狮子舞

武馆腊月起排演，
五彩狮子舞蹁跹，
春节一到去拜年。

走村串户传喜庆，
高空舞狮锣鼓喧。
民俗世代乐观胆。

江城子·拔河

过节喜庆兴拔河，
最少人，十六个。
两相牵引，集体去观摩。
团队力量和毅力，
喧呼中，人震吓。

拔河运动真娱乐！
鼓噪声，盖海波，
释放压力，豪情信心多。
拉开长绳近你我，
增干劲，人心和。

生查子·椰子树

耿直无枝杈，
挺拔而丰满。
羽叶如旗幔，
薰风中呢喃。

硕果满生涯，
肉汁香美曼。
窈窕傲海南，
潮汐里歌侃！

荷馨祝福您中秋好

荷蓬突显中秋到，
馨香久久园中绕。
祝福信息常吱吱，
福如东海心心照。
您我共聚桂荫下，
中庭盛筵月饼好。
秋凉加衣莫着凉，
好好赏月别感冒。

荷馨祝文友节日好

荷花吉祥心心开，
馨香人人萦心怀。
祝福祈祷奉佛祖，
文章千古唱不衰。
友善梅兰菊竹外，
节操无异境况哀。
日盼飞龙点睛去，
好事连连舞蛇来！

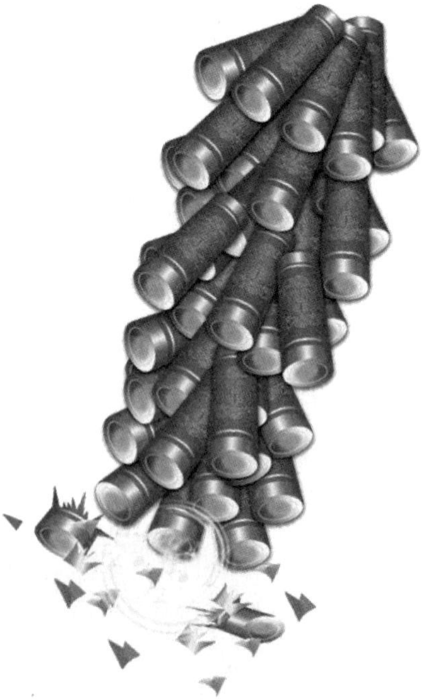

中华一家　祝福祖国（一）①

中华民族是大家，
华夏儿女尽英华。
一统中华同心愿，
家国兴旺共步伐。
祝福祖国如日升，
福如东海储水花。
祖国富强嫦娥乐，
国运昌隆金兔发！

注：①在新华网“一统中华”圈玩填诗活动而作。

中华一家　祝福祖国（二）[①]

中午太阳何辉煌，
华夏魅力如日光。
一统中华亮大地，
家家兴旺喜洋洋。
祝祷齐心感天地，
福地文明永流芳。
祖德承传制度好，
国似正午神州朗。

注：①在新华网“一统中华”圈玩填诗活动而作。

敬祝网友兔年大吉

敬重传统守法度，
祝福拜年求安好。
网络传情添雅趣，
友情链接祝福到：
兔狡三窟利田宅，
年年有余收入高。
大吉大利行大运，
吉祥如意度辛卯！

谢谢文阁绿榕先生雅和：

虎去兔来梅艳芳，
桃红柳绿福满堂，
迎得千祥佳节集，
喜赋新词尽春光。

邓荷馨除夕拜年了

邓林庚虎正添翼，
荷湖潜龙晚腾空，
馨香五味溢中华，
除夕欢聚家家拢！
夕夕多聚重今宵，
拜年守岁古今同。
年年岁岁祝平安，
了无烦恼喜重重！

新年献诗

邓林夸父未竟志，
荷花观音喜爱枝。
馨香世间颂芳雅，
祝福壬辰献新词。
您借蛟龙腾云技，
新年吉祥又如意。
年年有余乐游刃，
好人心情常如诗。

诗歌网好

诗歌网站吟者家，
歌咏心声知音话。
网络也立千秋言，
好文共享智慧花。

无　题

远芬荷馨熏风融，
芬芳袭人艺苑红。
姐妹合力崇汉赋，
望姐倾力兴汉风。
您在瑶台集人望，
作育奇葩建勋功。
伯乐给力千里马，
乐观荧屏鼎盛逢！

六、望文兴“叹”

如烟岁月叹蹉跎
——读台湾作家齐邦媛《巨流河》有感

传记文学《巨流河》，
情韵优美史诗歌。
历史长河一小节，
悲伤、愉悦又独特。

巨流河畔燃战火，
学生时代受折磨。
自传体里笔笔记，
顽石底下怎求活。

慈父身教最重要，
环境混乱怎避祸。
浑浊之中求洁静，
处世为人尚温和。

美学大师妙点拨，
“呐喊”“彷徨”欠稳妥。
黑暗之中心眼明，
朱光潜于黑炭箩。

河边海峡观烟波，
如烟岁月叹蹉跎。
立德立功欠立言，
八旬老人始著作。

“齐邦媛”变“齐帮援”，
名家学者鼎力助。
完美人生留青史，
毕生努力真楷模。

和“春华秋实”博友自由诗

春华美，秋实甜，
花儿谢去坐果圆。
日月清华实壮志，
漫漫长夏去涩酸。
秋果个个都鲜艳。

秋阳美，心愿圆，
春华秋实乐无边。
信步寻诗宝塔下，
细听荷风催藕眠。
喜看新人似婵娟。

和北岭《桃花吟》

八月桂花香，
中秋高枝亮。
通天一棵树，
仙俗共景仰。

附：北岭《桃花吟》

叶密千层绿，
花开尤点黄。
清香飘悠远，
花香压众芳。

读《亿万富翁回乡当村官》有感[①]

亿万富翁不忘本，
军旅出身显精神。
旅居首都创大业，
王氏从来不让人。
文化积淀是拼搏，
忠于祖国爱人民。
奋斗三年全村富，
进济天下大爱心！

注：①读网上新闻有感。

主流态度兴风尚[①]

谁言笑贫不笑娼?
好人多数毋须扬。
丑事自然传千里,
正如此事民愤昂。
世风怎样众人事,
林大鸟儿各样唱,
极端事件朝朝有,
主流态度兴风尚!

注:①读记者网友博文有感。

公仆必须守清贫[1]

靓房静静没人住，
差房纷纷叹贵声。
能人广厦难数尽，
顺民蜗居望价平。
算清房屋明产权，
有案可稽上网明。
领导财产真公开，
公仆必须守清贫！

注：读新华网某博友博客有感。

读《顾吴情深，词赋从今须少作，留取心魂相守》有感[1]

人情冷暖浮世绘，
生命运途难卜猜。
有坎须跨要人扶？
友谊真挚难中爱。
顾生为人世楷模，
贞忠解友于倒栽。
观世代代谁堪比？
够仁够义关羽才。

注：文中褒扬之朋友名为顾贞观。

读《身边的感动：善良媳妇带着婆婆和太婆婆再嫁》有感

赵姓闺女爱琴好，
爱家善良品格高。
琴弦再续携婆母，
人世艰辛不避逃。
美好德行要褒扬，
心慈模范举世少。
更新庸俗气象清，
美好世界多芳草！

谨守善良本①

盛世无饥民，
何苦不做人！
人胜鸟兽者，
讲究是精神②。
钱财身外物，
多占难入坟。
莫如你我他，
谨守善良本！

注：①读新华网某博友博客有感。②指气节。

读王青松老师两篇图文并茂博文赞

（一）

油菜花长开在博客，
才子情永远傲传说。
霜菊雪梅开过后，
南国满天迎春鸽！

（二）

只羡鸳鸯不羡仙，
博友伉俪注格言。
比翼双飞钻石情，
油菜花事千秋羡。

《烽烟乱世情》主题曲①

千条小溪汇成河，
万个蜜蜂垒成窝。
篝火熊熊散严寒，
山羊结群狼奈何？
住山不怕爬陡坡，
打猎不怕野兽多。
硬树不能独自砍，
杀光鬼子靠大伙。

注：①应邀创作《烽烟乱世情》电视剧本，主题曲歌词为本人原创。

《烽烟乱世情》插曲[①]

春风吹面薄过纱，
妹伢妆来淡如画。
走山人在画中行，
山花飞舞兰胜花，
兰胜花……

橘花淡白菜花黄，
兰花芬芳胜桂香，
胜桂香；
莺啼树梢人归去，
溪涧淙淙唱夕阳，
唱夕阳……

注：①应邀创作《烽烟乱世情》电视剧本，插曲歌词为本人原创。

四十集电视连续剧剧本
《百草良方》主题歌

自从盘古开天地，
多少先民腹中空。
野果稻粮难保证，
人食五谷易病痛。

炎帝神农好领导，
教人农耕把地种。
种粮种药尝百草，
断肠草余涅槃凤。

百草辨了几百种，
《神农本草》记录中。
药食同源千秋传，
饮食中医世人梦。

中医中药用百草，
天地有情开鸿蒙。
华夏子孙人丁旺，
百草良方修和功！

电视文学剧本
《盛汉，才子佳人》主题曲

盛汉男儿多作为，
盛汉女儿情可喜，
河水江水逝历史，
沧海桑田有芳迹。
古今遥遥同日月，
人生短短皆故事。
才子佳人多传奇，
栉风沐雨有谁知？
春花秋月曾几时？
凡桃俗李梦相似！

江城子·读《让湖面轻轻托起它们的翱翔》有感

寂寂寒湖风浪静。
微风轻，
水凉冰。
一树绿柳，失却郁青青！
湖面飞来群白鹭，
人惊奇，
看飞行。

寞寞湖面舞轻盈，
含欢欣，
细心听。
寒天鹭影，感动是心灵！
不待舞终已燃情。
鹭群隐，
心湖兴。

七、佳节唱和

贺新年

国泰民安春满院，
韶光乐事喜无边。
腊梅朵朵迎春好，
瑞雪飘飘兆丰年。
一元复始气象新，
四序更迭胜从前。
喜辞庚虎新年好，
笑迎辛兔岁月甜。

龙年的祈祷

龙年我一样希望拥有，
纯洁的心地，
美好的气质。
满心如歌，
满眼如画，
满脸如诗！
有健美的身姿，
和煦春风的朝气，
当灵感飘然而至，
我的笔端，
像家乡云雾山脚下，
汩汩不断的清溪……

小溪汇于大海，
蛟龙得意志更逸。
龙吟虎啸民族林，
龙的传人献微力！

元宵有感

白天太阳艳，
夜晚月儿圆。
首望人共庆，
元宵烟花喧。
戌时大汇演，
小东江无眠。
有情人爱看，
星星戏人间！

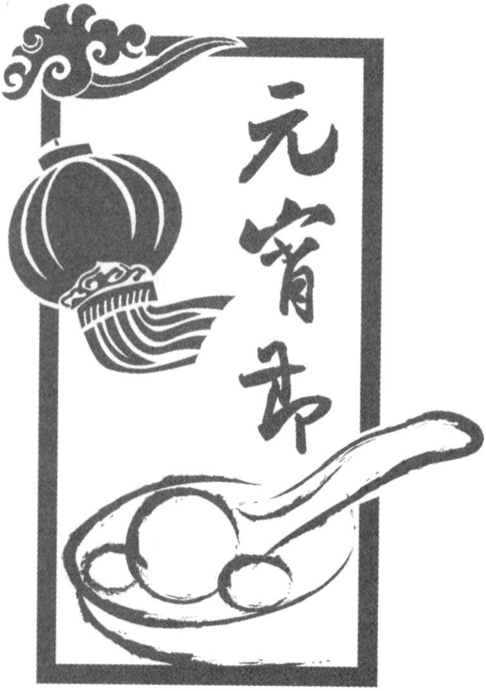

母亲节

心中一束康乃馨，
恭奉天上慈母灵！
大龟剧本贴发了，
千古文章今学行。
淑莲①心愿为结子，
无奈孩儿是荷馨！
一阵热风飘散去，
未见舒张徒芳名。

注：①笔者母亲名讳淑莲。此为在网上的一条回复。

"六一"见闻

公园花朵美，
蝴蝶绕树飞。
小小纸鸢手，
天上比高美！

"妈妈别管我，
爸爸不用理！
昨夜在梦中，
太阳公公夸我威——"

今夜七夕

月暗星辉天路黑，
牛郎织女双影飞。
终年孤寒一约会，
万丈银河几梦回。

自 继

自古英雄爱名姝，
刘彻[①]诞辰是七夕。
不屑牛郎困仙情，
只贪美女好才辞。
金屋贮娇因天下，
倾国倾城为唱诗。
史记传奇盛口碑，
千秋万代论天时！

注：①西汉时汉武帝的名字。

谢谢家庆先生赠诗

九华灯映销金帐，
七孔针穿彩绿帏。
云汉桥成牛女渡，
春台箫引凤凰飞。

谢谢笑叟先生赠诗

河汉迢迢梦几回，
鹊桥脉脉七夕醉。
千古绝唱牛女渡，
乞巧蔓下几许泪。

谢谢朝花夕拾 1943 先生赠诗

牛郎织女会七夕，
泪洒相思千古戏，
民生大事怎忽视，
解决夫妻苦分居！

庚寅腊八一小诗

腊八送君七宝粥，
三九寒风绕道走。
栗肉核桃乳蕈好，
暖心健脑去疲劳！

咏冬至

积雪严冬应终极，
重寒冰冻含春意。
上元花灯已在望，
三九冷风散尽时。

江城子·情人节

东风轻吻诗兴斓。
云朦胧，
雾淡淡。
千古相思，
愔愔梦对看。
排遣心情寄诗歌，
世间事，
惟情难。

对镜青鬓发非斑。
鬓已斑，
又何妨。
春色满园，
夏荷多颂盼。
清风杨柳缠轻曼，
是快乐，
人何堪。

八、游之记之

“三八”节，在长途旅游大巴上

在长途旅游大巴上，开心
期望终于成为现实的美，
每一个时尚的人，旅游
这词似春风滋润心扉。

在长途旅游大巴上，零食
填充了女士故意或不故意空虚着的胃，
每一个女性，仿佛都回到了童年，恣意放松
那形态，比自助餐晚宴更有氛围！

在长途旅游大巴上，睡意
像是游走在鲜花上的飞虫子，
刚刚停了嘴巴，瞌睡虫
会轻轻地让人精力消失。

在长途旅游大巴上，游说

像这阳春三月迷人的空气，
文采风流的精致导游词，宜人
像氧气之于高原缺氧时，
令人珍视而猛吸！

在长途旅游大巴上，友谊
像春芽在冬季孕育，
平日点头之交的同事，心之距离
像孙大圣腾云，瞬间，十万八千里
因芥豆之微连起！

在长途旅游大巴上，疲惫
像年底连续加班的劳累，
让人无心观光，无意美食，祈盼
下站的公厕像景点一样美！

在长途旅游大巴上，祈望
在万分疲累后游趣不枯萎，
梦想着长途汽车变作飞机，看不见
新开拓的公路和采石场，
那自然遗产，会永远保持大自然的赋予！
任凭光阴流逝，
原生态的神奇之美啊——
都不会飞！

登 山

透过云层，能看到太阳的光芒，
穿着风衣，能抵御山上的寒湿。

人在艰难的灰暗里，
总是寻找希望，仰望晨曦……
只要心儿积极，
只要意志坚持，
灰暗很快过去，
出路总是会有的！

在生命的路途中，
人总会经历风雨。
不知道，怎应对突发之事，
不知道，自己是否还能走到底，
都并非羞耻！
不该退缩的，就积极面对——
岂能停滞！

为了阵雨后必然的清风，
为了天空中可贵的彩虹，

艰难的付出应有回报，
加倍的努力必有价值！

人总需要一些时间，
认真思考一下人生的问题。
不用读好多书，
无需提到哲学高度，
你会悟出活着的意义：
可贵的是融和自然的情思。

登山很辛苦，
生活很不易！
好好坚持——
好好努力！
突击过后心儿倍舒适，
幸福感如诗……

不必怨恨道路坎坷，
无需在意风雨淅淅，
勇敢地攀上山顶，
足下的风光更旖旎！

咏黄山①

翠竹黑岩都是画，
烟雨白云总是诗。
劲松挺立倚持少，
黄山秀丽美景多。

注：①在黄山上发给记者朋友的手机信息。

咏高州水库

拦溪锁坝玉湖成，
翠顶芳洲白鹤鸣。
万亩绿池千山下，
一库甘露天地精。
落霞潋滟秋水漾，
心海光明烟波平。
回眸夯夫雕塑地，
上演蓬莱风月情。

啊——美丽的高州水库

啊——美丽的高州水库，
生我养我的慈母！
您是一颗璀璨的玉珠，
清滢滢地镶嵌在广东的版图。
您是那位出浴的仙子，
自信地挺立丰硕的胸脯。

您有丰沛的乳汁，
是全国十大水库之一呵——
储存着十多亿立方米的甘露！
集雨面积千余平方公里，
灌溉面积百多万亩……

挽千山栖龙筑大坝，
积万水仙姝成“玉湖”。
一年四季水清又碧，
润人如玉育人如母！
宏伟大气的人工湖呵——
您岂只供水发电的基础？

湖光潋滟中，

彩鸟儿盘旋飞舞……

环水青山里，

露出绿水山庄的红檐屋……

湖畔花木胜公园，

泽苑花圃栖鹧鸪……

远山杜鹃红胜火，
坝下作物成片熟……

坐上游艇逛湖景呵——
请细赏山韵和芳渚……
鱼儿上艇飞鸟伴，
伸手可抓小孤鹜……
坐在湖边钓鱼虾？
松鼠捣乱柳枝拂……
在雄伟的大坝上看日出呵——
波光红红热脏腑！
憧憬期待的激动呵——
已令人无限幸福！

啊——美丽的高州水库，
生我养我的慈母！
昨夜在梦中又见到了您呵——
心中溢满了祝福：
您的儿女，
愿您这位不老的仙姬呵——
永远青春美丽，翩翩风度！

贵阳、遵义、黄果树旅游字迹

庆祝建党 90 周年，兴起了缅怀革命先烈、铭记革命传统的红色旅游。为深化“发扬传统、坚定信念、执法为民”的主题教育，到革命老区重温入党誓词。为此，写下如下文字。

贵阳火车站

（一）

高大新建筑，潮流妙设施。

熙熙攘攘人，有条不紊事。

（二）

高原太阳艳，出站眼睛迷。

广场空气爽，林城美如诗。

赠导游

人美重在精气神，兰心蕙质导游人。

山川秀丽人灵气，贵山富水物阜珍。

饮茅台酒

李白在何方，今我坠醉乡。
莫问老杜康，与君干此觞。
几盏忆往事，碰洒美名扬。
休轻一茅草，脱颖世人仰。

甲秀楼

艳阳楼台街边寺，彩画公园水中天。
百字长联抒锦绣，蹁跹垂柳扬诗篇。
参天古木蕴灵气，默默清泉诉悠远。
文武状元俱往矣，风流人物在眼前。

黄果树瀑布

远像天上挂重帘，千骑马踏奔腾喧。
近如天河崩银溅，万丈冰粉紧心尖。
七十七米高水柱，一百多米宽瀑帘。
世界第二大瀑布，镶在黄果树中间。
激扬磅礴千万年，大气中华好渊源！

红军烈士陵园

世代写碑文，
铭记传统，
江山来之不易；
千年树陵碑，
永垂不朽，
烈士光照青史。

生查子·踏雪访梅

水蛇心浪漫，
梅影梦中览。
北风音乐渗，
花颤半咏叹？

桂树下嫦娥，
歌舞绕月环。
思梅意微澜，
踏雪请梅安。

江城子·登泰山

日晴天蓝攀高峰。
二月二，朝岱宗。
东岳首登，圆了自幼梦。
十一朵玫瑰相约游，
待上山，太阳红。

艳阳之下冰凉风。
捂严实，还颤动。
路如新歌，唱着难通。
泰山圣母我来了，
赐神力，往上冲。

江城子·逛花市

寂静花市寒风生。
年橘少，
价不平。
一条花街，无市冷清清。
洁白波鞋轻踏过，
店主笑，
蝴蝶惊。

寞寞花街香盈盈。
少污染，
花艳明。
冷市花馨，水仙摇逸情。
待到春节近几日，
年橘到，
闹市兴。

谢谢刘家庆老师玉和：

江山千古秀，
花木四时春。
祖国风光好，
神州处处新。

谢谢金善人老师玉和：

梅孕温柔菊吐芳，
好花总不属牛郎。
地头一棵伸筋草，
日绽清幽夜放香。

江城子·三亚游

白云朵朵倚蓝天。
海辽阔，天高远。
中国三亚，梦萦已千遍。
三十年同窗聚首。
执手笑，忘寒暄。

韶华似水都留恋。
纯真情，少年颜。
岁月如歌，曲曲唱甘甜。
深深海景蛟龙潜，
看腾飞，非等闲。

九、恋寄哀思

祭母文

呜呼母亲，讳江淑莲。生于壬申，清秀猴年。
寿七十八，逝十一前。国庆 60 年，有阅兵典。

中秋隔天，普天团圆。盛世当前，亲情眷眷。
鳝粥懒啜，慈目安然。是否天上，急召归仙？

呜呼悲哀，天夺慈亲！寅时离世，亲人肠断！
回顾慈母，一子二女。夫婿邓安，又名元江。

相夫教子，德馨品贤。夫曾失婚，从不厌嫌。
善待旧戚，品格超群。三孩紧连，保育倍艰。

善佐保姆，照顾老嫩。养老育幼，丈夫怡然。
本人工作，与时俱进。工作学习，成绩卓显。

奋斗 70 年，饮誉丰田。丰田村委，属金塘镇。
小村石凼，养育淑莲。六岁破蒙，不辞路远。

私塾一年，白土低村。耀斌小学，攻读六年。
舅舅照顾，陈家恩典。文海中学，祖尝出钱。

求学艰辛，薯干饭团。父童军衫，自改再穿。
寡母命苦，尚责淑莲。河边徘徊，志学弥坚。

三年毕业，冲刺命运。高州女师，省立重点。
一考即中，光耀乡邻。父卖壮丁，家耻立清。

头脑特精，趋势度情。解放次月，参加招聘。
不要工资，不等毕业，参加工作，成公务员。

责任心强，作风硬朗，勤奋努力，任劳任怨。
高州石古，母最有缘，不满三十，即任社长。

长达十年，下乡蹲点。辞夫别母，驶牛犁田。
宝贵青春，黑泥山献。高州大潮，工作六年，

“文革”时期，青山踏遍。子幼女嫩，母亲病缠。
巨大压力，柔柔一肩。工作40年，任职多变。

青年、妇联，工业、企业，干事或长，谨慎内敛。
能上能下，服从调遣。真真正正，共产党员！

长期积劳，也怨苍天。中年患病，血压难降。
日日服药，家国双全。二度建屋，过劳内损……

今言也长，亲心也伤。此时祭奠，言辞粗浅。
后有言陈，心祭永奠。告别慈颜，泪水涟涟……

愿母走好，有灵在天！呜呼母亲，美好如莲。
悲魂归去，德泽永存！

清明

清明祭墓

清明不是雨纷纷，
真正风清天气晴。
趁着放假去墓地，
拜祭家公和母亲。
金凤山名震油城，
皆因凤凰睡不醒。
满山孝子和贤孙，
奉上鲜花与祭品。
祷告默默笑盈盈，
哀乐幽幽情愔愔！

外婆百岁生忌志

民国元年壬子鼠，
七月廿五农历日。
外婆生辰不敢忘，
音容笑貌常忆起。

陈氏淑女名成真，
还有一名叫淑怡。
寿过八旬添三岁，
安详美丽赴瑶池。

生于富贵丁不旺，
许嫁贫家望期颐。
忠厚温柔待翁姑，
忙里忙外无粉饰。

遇人不淑夫君懒，
逆境难移慈母志。
父母一肩育独女，
孙辈四人褓长翼。

一生辛劳传嘉风，
百岁生忌奠悲诗。
外婆永别千载去，
孙女心香万年祭！

清明两行泪，十年流到今

黄梅节时雨纷纷，
瑞气氤氲天召人。
玉魂归天乘鹤去，
外婆清明前玉殒[1]，
婆婆从此脱凡尘。
走入仙界列天神，
好德音容宛余韵。
不负红尘百年近，
便于后辈励志奋。
送慈登仙泪纷纷，
请君安息作天臣。
谅荷欠些敬辰昏，
解闷虽少曾慰君。
拜别羊年缘未尽，
别后心香年年焚！

注：① 2003年4月4日，清明节前一天，本人爱人97岁高龄的外婆过世了！外婆名叫黄瑞玉，爱人赶去见她最后一眼时，本人匆匆赋了首藏头小诗，让他也录下！

庚寅九月九日

云遮雾罩阴霾天，
疑是夜半月光潜！
秋高气爽何如此？
毛公忌日茂名显！

怀念周总理

巨星陨落人心装，
大树倒下根苗长。
恩来化灰养大地，
生命溶水壮河浜。
鞠躬尽瘁人民事，
死而后已主义倡。
爱情坚贞传佳话，
导师伍豪高天朗！

谢谢刘家庆老师玉和：

伟业秀千古，
英名在人间。
光辉齐日月，
身影耀河山。

十、珍馐美馔

饺子（一）

中国美食数饺子。
属面食，有馅汁。
华夏大地，人人都爱吃。
过年祭拜必须品，
饮美誉，人神需。

国粹已成家常食。
机器作，速冻起。
蒸煮烤炸，几分钟可以。
荤素搭配营养好，
盘中月，口腹迷。

饺子（二）

每逢周末包饺子。
爸揉面，妈擀皮。
围着桌子，一家好欢喜。
拌好半熟荤素粒，
杯碗扣，饺子衣。

一轮新月手中起。
乐融融，笑嘻嘻。
馋虫出来，蒸煮略分析。
天上明月正徐徐，
锅中月，馨香弛。

年糕（一）

过大年需备美食，
不因贫乏因重视。
腊月中旬就开始，
珍馐年糕数第一。

习惯起于春秋期，
砖糕战胜饥荒时。
先人怀念伍子胥，
代代相传年年祀。

年糕（二）

腊月中旬做年糕。
碾磨糯米，饵入锅里，
蒸至家家香远驰。
方糕圆糕凉放好，
咸甜相宜。
滑溜好吃，
步步登高随意取。

汤圆（一）

正月十五元宵节。
元通圆，宵为夜。
圆月照射，家家赛和谐。
嫦娥孤寂思后羿，
借圆子，下天阶。

汤圆元宵非各别。
称汤圆，岭南皆。
北叫元宵，洪宪遇风雪。
标榜美食号节日，
愿情人，如双蝶。

汤圆（二）

正月十五闹元宵。
花好月圆。
天上人间，
花市争看奔月船。
元夜灯花不夜天，
明月黯远。
情人手牵，
关却手机逛公园。

月 饼

白露玉钩抬头逢。
剥果仁，磨莲蓉。
表皮馅料，精致斗天工。
咸甜美味俱极致，
家家有，馨香浓。

十五玉轮出月宫。
圆而亮，拟饼同。
团团圆圆，似亲人相逢。
品饼团聚圆月下，
千万年，华夏风。

豆 腐

洁白柔滑似雪糕。
公元前，诸侯造。
黄豆肉汁，点卤成佳肴。
植物蛋白益健康，
副食品，它最好。

温柔舌尖人喜好。
千百年，素食宝。
白嫩滑溜，淡雅易配炒。
平凡非凡豆腐菜，
出国门，中华傲。

念奴娇·粽子

白云悠悠，
风聚散，多少历史尘烟。
端午粽子，弘扬于、祭祀楚国屈原。
五月初五，
芦叶裹米，
香了千万年。
血脉相传，
谨借佳节表演！

遥想灵钧当年，
为国讨君嫌，
公而忘私。
只想社稷，
心耿直、苦谏君王犯颜。
典故粽传，
价值观会变，
投江谁怜？
人生风云，
风云际会是愿。

临江仙·吃火锅

往年围炉吃火锅，
喝酒比热情。
北风嗖嗖添豪兴。
玉兰树荫下，
饮到满天星。

事隔一年如梦醒，
酒驾入罪非轻。
涮肉吃菜听歌莺。
无酒人安静。
只是意难平。

江城子·涮羊肉

小雪恰好逢周末。
四牌友，通电说：
东山羊馆，围炉打火锅。
下班已是华灯上，
餐馆里，无虚座。

羊骨汤底先上桌，
品种多，任取舍。
红焖羊蹄，血饭要一个。
羊皮羊肉羊胎盘，
汤里涮，真快乐。

苏幕遮·馄饨

卖馄饨，卖馄饨！
饥人听见，几乎被勾魂！
传统小吃乐城村，
老少咸宜，入口如云吞。

天地情，制浑沌，
汤清鲜润，宵夜至美伦。
馄饨万代香氤氲，
最浓冬至，宋元遗风熏。

水调歌头·春卷

“春卷”几时有？
史海凝眸究。
古代过“立春”节，
敬芒神土牛。
官府迎春仪式，
人人争抢泥油，
祈求好兆头。
官府“鞭春牛”，
百姓拟珍馐！

“探春茧”，
变“春卷”，
由来久。
淘金炼石，
美食真金会开溜？
永远荤素搭配，
永远薄皮酥脆，
心花随意秀。
愿借此点心，
将文化保留。